Pilarín

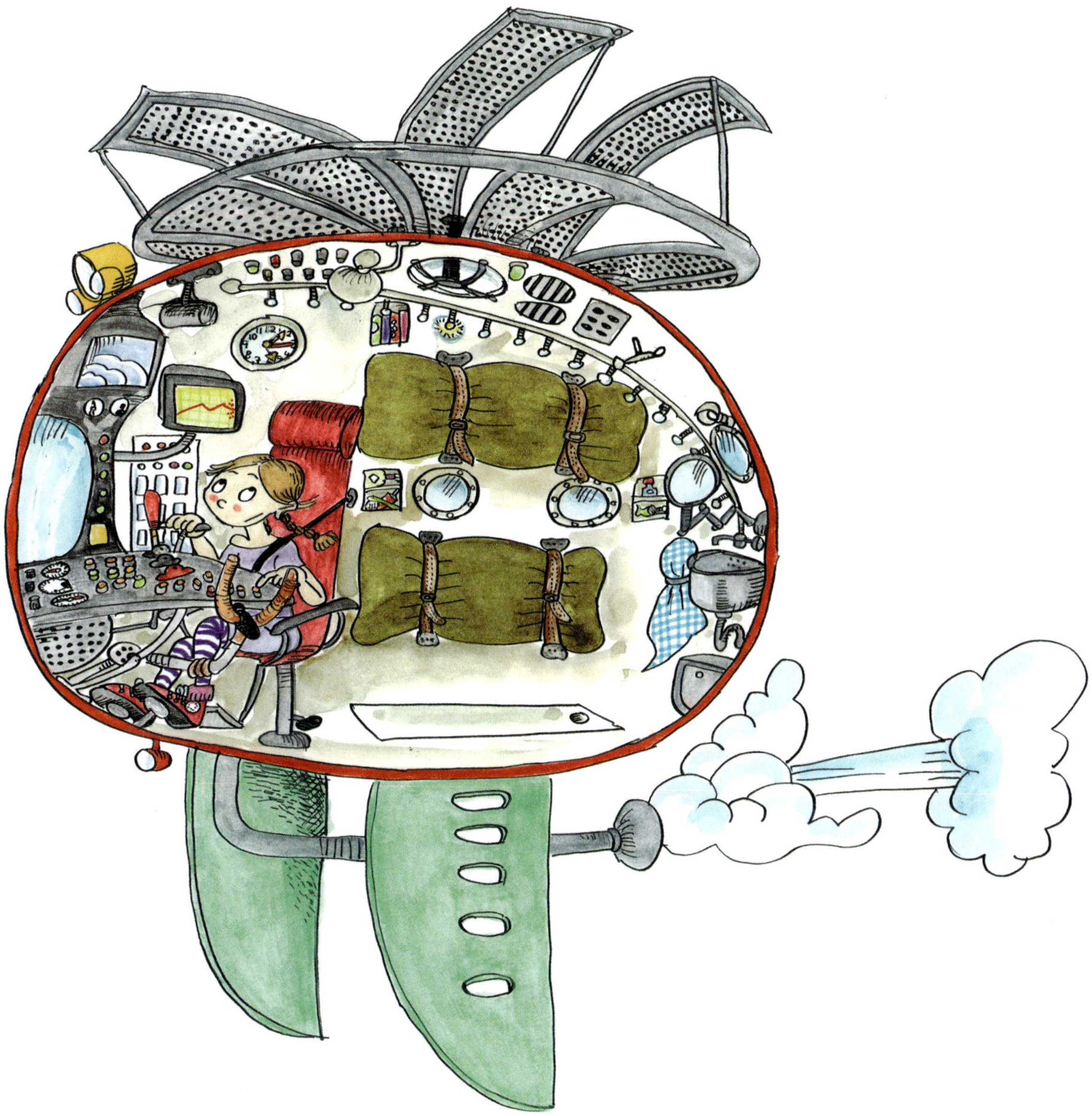

L'UNIVERS A LA MÀ

Sol
Mercuri
Venus
Terra
Mart

L'UNIVERS A LA MÀ

Per **Pilarín Bayés** i la **Dra. Sònia Fernández-Vidal**
amb la col·laboració de Francesc Miralles

laGalera

Primera edició: octubre del 2015

Disseny gràfic: Sandra Penadès
Maquetació: Marquès, SL

Edició: David Monserrat
Direcció editorial: Iolanda Batallé Prats

La Galera, SAU Editorial
Josep Pla, 95 – 08019 Barcelona
www.lagaleraeditorial.com lagalera@lagaleraeditorial.com
facebook.com/editoriallagalera twitter.com/editorialgalera

Imprès als Tallers Gràfics Soler
Enric Morera, 15 - 08950 Esplugues de Llobregat

Dipòsit legal: B-17.352-2015

Imprès a la UE. ISBN: 978-84-246-5341-5

A Peony,
per ser el nostre Big Bang i il·luminar l'inici d'aquesta obra.
Gràcies per entrellaçar-nos.

Sònia i Pilarín

La meva gran aventura va començar un diumenge d'hivern, quan el meu plat favorit acabava d'aterrar sobre la taula.

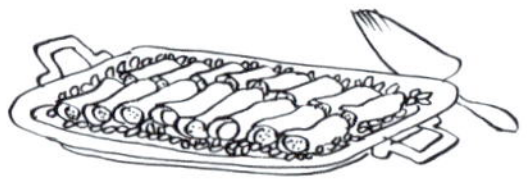

—Els canelons ja estan a punt! —va anunciar la meva àvia—. On s'ha ficat el teu avi? Eva, pots pujar a buscar-lo? Segur que continua tancat al seu estudi.

—Ja hi vaig...

Les golfes són el lloc favorit d'en Leonardo, que jo sempre anomeno «avi Leo».

És un inventor i sempre està creant aparells divertits, alguns per mirar els estels, d'altres per tallar la gespa sense cansar-se.

Una vegada fins i tot va construir una nau voladora a la nostra gata, però la iaia l'hi va prohibir quan el pobre animal va caure d'una altura de dos pisos. No li va passar res, però des d'aleshores sempre desconfia una mica d'ell.

El meu avi és un enamorat de la ciència i un inventor de primera.

A mi m'agrada molt observar-lo mentre treballa. De vegades em deixa ajudar-lo en els seus projectes, però l'últim és alt secret. L'únic que m'ha explicat és que la seva nova màquina el portarà més enllà del que ningú hagi somiat mai.

I crec que aquest invent meravellós té la porta oberta...

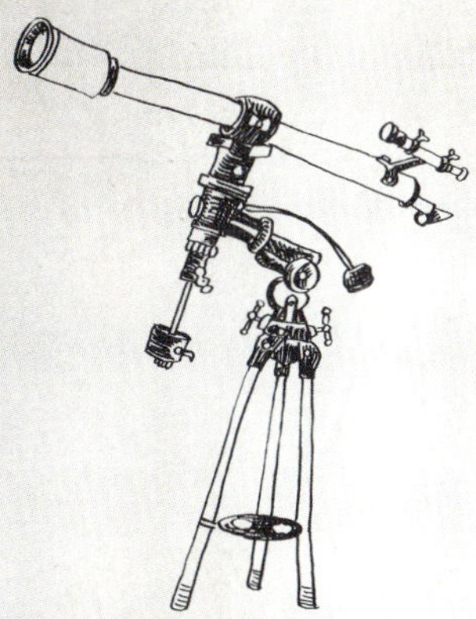

UN TELESCOPI ÉS UNA MÀQUINA DEL TEMPS

El telescopi es va inventar per poder observar detalladament objectes llunyans. La màgia va succeir quan a Galileu se li va acudir enfocar amb aquest aparell el cel nocturn. A partir d'aleshores, els astrònoms el fan servir per observar estrelles i galàxies llunyanes.

La velocitat amb què la llum viatja dels astres als nostres telescopis, tot i que és molt ràpida, no és instantània. En el cas d'estrelles llunyanes, pot trigar fins i tot milions d'anys. Alguns dels estels que veiem al firmament són tan lluny que, quan la seva llum arriba a la Terra, ja han desaparegut. El que veiem són els fantasmes d'aquelles estrelles mortes. En aquest sentit, els telescopis són com màquines del temps. El que realment veiem a través d'aquests aparells són milions d'anys en el passat. La llum de la Lluna triga un segon a arribar fins a nosaltres, de manera que la propera vegada que la miris, has de saber que estàs mirant un segon en el passat.

Benvinguda a l'Ou de l'Univers, comandant Eva!
Sóc en Cassini, el navegador de la càpsula,
en espera de les seves instruccions per al viatge.
No es descuidi de tancar l'escotilla i posar-se el cinturó, si us plau...

Estimada Eva,

Si llegeixes això, vol dir que necessito la teva ajuda.

Ha passat una cosa meravellosa, o bé catastròfica, depèn de com es miri...

El meu invent ha funcionat! L'Ou de l'Univers pot portar-te a qualsevol moment de la història i a qualsevol lloc de l'espai. Des de les estrelles més remotes fins als moments més llunyans de la història del Cosmos.

He conversat amb els científics més importants de tots els temps i he viatjat a llocs inimaginables. Però amb l'entusiasme de les meves investigacions no em vaig adonar que la meva màquina estava perdent peces...

No em podia arriscar a tornar a casa dins de l'Ou de l'Univers, perquè tenia por que s'espatllés i el meu cos quedés escampat pel Cosmos, com pols d'estrelles.

Necessito que segueixis el meu rastre per l'Univers, recuperis les peces i vinguis a buscar-me aquí on sóc (ni jo mateix sé exactament el lloc...).

Ets l'única de la família que ha heretat els meus gens d'explorador. Poso en tu totes les meves esperances. Sé que em sabràs trobar!

Una abraçada atòmica del teu avi que t'estima,

Leo

PD: Tot i que la teva missió és extremament important, recorda: sempre cal gaudir i aprendre de cada viatge.

LA VIDA ÉS UN MIRACLE, NO HI PODEM PASSAR DE PUNTETES.

1. EL NOSTRE VEÏNAT CÒSMIC

Hem arribat a la nostra destinació amb el mateix programa seleccionat pel capità: Nova York, 1978.

Bon desembarcament, comandant.

—No esperava tornar a veure aquesta màquina fascinadora...
—em va dir amablement— i, per descomptat, tu no ets en Leonardo.
On és el meu vell amic?

—Coneix el meu avi Leo? Em dic Eva i l'estic buscant.

—Molt de gust, joveneta, jo sóc Carl Sagan! Em dedico a la ciència, especialment a explorar els misteris del Cosmos.

—Oh! El reconec, senyor Sagan. El meu avi i jo hem vist moltes vegades els seus documentals sobre el Cosmos. Però ara ell ha desaparegut, just abans de dinar, i crec que ha estat en ficar-se a l'Ou de l'Univers. No deu saber per casualitat on el puc trobar?

—Per poder iniciar una recerca... —em va explicar Carl Sagan—, primer has de saber on ets tu.

Fixa't en tots aquests punts al mapa. Són galàxies! I el nostre planeta està amagat en una.

—Ho reconec —vaig dir jo—, aquest mòbil penjant és el nostre Sistema Solar. Al voltant del Sol hi ha Mercuri, Venus, la Terra, Mart, Júpiter, Saturn, Urà i Neptú. Fins i tot hi ha un dels molts planetes nans, Plutó.

—Bravo, Eva, veig que en Leonardo t'ha ensenyat molt bé... I també et va explicar que aquest mòbil, pel qual es veuen els vuit planetes, és un engany?

—No ho entenc...

—Si la boleta que representa la Terra fos de la mida d'un pèsol, Júpiter seria a 300 metres de distància, uns tres camps de futbol, l'un darrere l'altre. I Plutó s'hauria de col·locar a dos quilòmetres i mig i tindria la mida d'un bacteri. Seria impossible veure'l.

—Però el nostre petit Sistema Solar no té cap rellevància... —em va explicar Carl Sagan assenyalant el mapa estel·lar—. El Sol és només una de les més de 300.000 milions d'estrelles que hi ha a la nostra galàxia: la Via Làctia.

QUAN PLUTÓ VA PERDRE EL SEU TRON

Plutó va ser observat per primera vegada per un astrònom nord-americà anomenat Clyde Tombaugh el 1930. De seguida es va adonar que aquell planeta era molt petit. Això ja va despertar alguns dubtes sobre la designació de «planeta» a la comunitat científica.

El 2006, finalment, al pobre Plutó el van expulsar de la lliga planetària, tot i que el debat actual està aconseguint que es plantegi la idea de convertir-lo en planeta de nou.

—Nosaltres som aquí, en un d'aquests braços de la Via Làctia, oi? L'avi sempre m'ho explica.

—Sí, Eva, i la galàxia del costat és Andròmeda, la nostra veïna més propera.

—Tots aquests grups de puntets són galàxies?

—Sí, i les 40 galàxies que són a prop de la nostra Via Làctia formen el que s'anomena el Grup Local.

—Aleshores, nosaltres som a la Terra, que és al Sistema Solar, a la Via Làctia i dins del Grup Local.

—I el Grup Local està situat a l'Univers...

—Aleshores, el meu avi...

—Ell també és en algun lloc del Cosmos. Tot el que és, el que va ser o el que serà alguna vegada es troba aquí. La nostra llar és en un d'aquests puntets, flotant al Cosmos com una brossa de pols al cel del matí...

–Des d'aquest punt de vista llunyà, aquell puntet petit, la Terra, potser no sembla gaire interessant.

»Però per a nosaltres és diferent. Observa el puntet. Allò és aquí. Allò és casa nostra. Allò som nosaltres. Totes les persones que has estimat, que has conegut, de les quals alguna vegada has sentit a parlar, tots els éssers humans que han existit, han viscut allà. Cada caçador i recol·lector, cada heroi i covard, cada creador i destructor de civilitzacions, cada rei i pagès, cada jove parella enamorada, cada mare, pare i avi, cada nen esperançat, cada inventor i explorador, cada professor de moral, cada polític corrupte, cada «superestrella», cada «líder suprem», cada sant i pecador de la història de la nostra espècie, ha viscut allà.

»La Terra és l'únic món que coneixem que acull vida. No hi ha cap més lloc, almenys en un futur proper, al qual la nostra espècie podria migrar. La Terra és on ens hem de quedar.

»Això, per a mi, subratlla la nostra responsabilitat de tractar-nos els uns als altres de manera més amable i compassiva, i de cuidar i estimar aquest punt blau pàl·lid, l'única llar que hem conegut mai.*

(*) Extracte del discurs original de Carl Sagan, titulat «Pale Blue Dot».

IHS

Tot d'una, em vaig sentir molt desanimada. Com podria trobar el meu avi Leo entre tanta gent?

—Ara estic més perduda que abans. No sé per on començar a buscar-lo...

—Bé, potser tinc una bona pista... —va dir Sagan amb els ulls brillants—. En Leonardo em va preguntar on aniria jo si pogués viatjar a qualsevol lloc i a qualsevol moment. Li vaig dir que a l'antiga Biblioteca d'Alexandria! Allà hi va viure, fa 2.200 anys, un científic anomenat Eratòstenes, que dirigia la biblioteca. Potser ell et podrà dir on és el teu avi. Jo t'ajudaré a programar... Com has dit que es diu aquest giny? L'Ou?

—Genial! Potser trobaré el meu avi a Alexandria. Moltes gràcies, senyor Sagan! Ha estat atòmic coneixe'l.

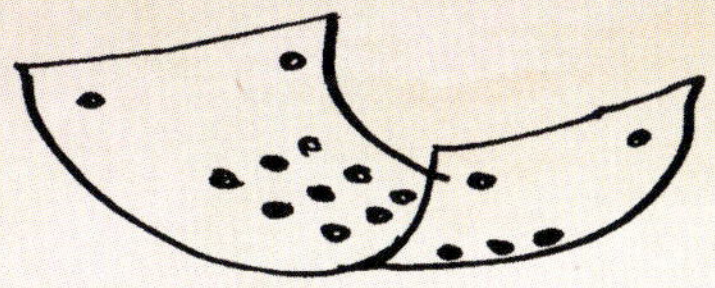

—Un moment, Eva! L'última vegada que el teu avi va venir a veure'm, li va caure aquí una peça de la seva màquina... És això!

Hem arribat a la nostra destinació:
la Biblioteca d'Alexandria, 240 aC.
Recordi posar-se la túnica per no cridar
l'atenció entre els ciutadans de l'època.
Bon desembarcament, comandant.

–Disculpi, senyor –vaig saludar amb educació–, estic buscant Eratòstenes. M'han dit que és el director de la Biblioteca d'Alexandria. Em podria dir on és?

–Molt senzill: el tens davant del nas, joveneta. M'agradaria atendre't, però estic amb un problema extremament complicat.

–Què fa? Si m'ho explica, potser el podré ajudar.

—Fa dos anys —em va explicar Eratòstenes—, revisant alguns papirs de la biblioteca, vaig trobar una anècdota que em va cridar l'atenció. Deia que a Syene, a les dotze del migdia del solstici d'estiu, el dia amb més llum de l'any, passava una cosa especial:

quan el Sol era al punt més alt del cel, es podia veure perfectament reflectit al fons del pou de la plaça major.

—I és cert el que deia aquell papir?

—Vaig viatjar a Syene el 21 de juny per comprovar-ho personalment. I és veritat. L'ombra de les columnes del temple anava desapareixent al matí i els raigs del Sol entraven a les profunditats del pou. A les dotze en punt, el Sol es va posar exactament a sobre del pou. I en aquell mateix instant, les columnes del temple no feien cap ombra.

—I què tenen totes aquestes ombres, columnes i pous perquè siguin tan importants?

—És així com funciona la ciència: ens meravellem i ens fem preguntes sobre el que succeeix al nostre voltant, per insignificant que sembli. Així que vaig decidir experimentar i comprovar si aquí, a Alexandria, passava el mateix.

—I quin va ser el resultat? —vaig preguntar.

—Vaig descobrir que a Alexandria no passava el mateix que a Syene. Aquí, a les dotze del migdia del solstici d'estiu, les columnes sí que projecten una ombra petita.

—I per què, si és el mateix dia, a Syene les columnes no fan ombra i a Alexandria sí?

—Vet aquí la clau de tot, menuda... Si la Terra fos plana, les dues columnes haurien de projectar exactament la mateixa ombra. Oi que sí?

—Aleshores no ho és —vaig confirmar jo—. L'única explicació és que la Terra és rodona.

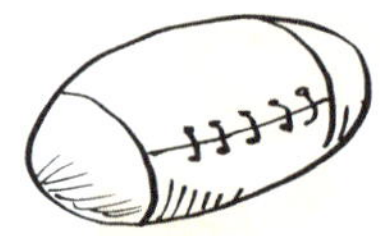

LA TERRA, UNA PILOTA DE RUGBI

Gràcies als sofisticats satèl·lits enviats per la NASA a l'espai, avui sabem que la Terra no és exactament rodona i que a més s'està eixamplant per l'equador. Els oceans podrien ser el motiu pel qual la Terra s'està engreixant per la cintura. En fondre's el gel dels casquets polars, els oceans s'omplen d'aigua freda, la qual cosa fa que la Terra s'assembli cada cop més a una pilota de rugbi en comptes d'una de futbol.

—Exactament, petita científica! —em va dir Eratòstenes—. Vaig enviar uns homes a mesurar pas a pas els 800 quilòmetres que separen Alexandria de Syene. Vaig mesurar la diferència de les ombres dels pals d'Alexandria i Syene, i vaig trobar la distància d'un arc de 7,2 graus.

—Com que la Terra té 360 graus, aleshores té uns 50 trossos de 7,2 graus —vaig calcular al cap d'una estona—. Si multipliquem els 800 quilòmetres que separen les dues ciutats per 50, ens surt que la Terra mesura 40.000 quilòmetres fent tota la volta.

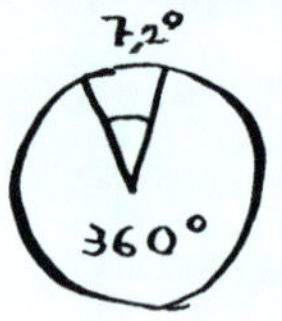

360 ÷ 7,2 = 50

800 × 50 = 40.000 Km

—Fantàstic, petita científica meva. Acabem de trobar per primera vegada la mesura del nostre planeta. M'has ajudat molt; com et puc tornar el favor?

–Estic buscant el meu avi Leonardo, que s'ha perdut en algun lloc del Cosmos. M'han dit que ha vingut a fer-li una visita. L'ha vist?

–I tant! Vam estar conversant sobre el meu nou projecte: calcular la distància exacta que hi ha entre la Terra i la Lluna. Em va dir que anava a veure algú que ens podria ajudar... Es deia Galileu, crec.

–Oh, això és de moltíssima ajuda. Gràcies, Eratòstenes!

–Abans que te'n vagis, a en Leonardo li va caure aquest instrument de vidre tan estrany. L'hi pots tornar quan el trobis?

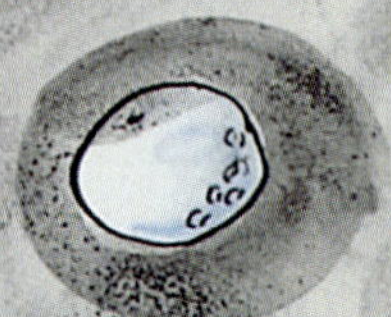

En introduir els vidres a l'aparell que Carl Sagan m'havia donat, va aparèixer el meu company d'aventures.

Un robot intel·ligent!

—Hola, Eva! Gràcies per recuperar les meves peces i reconstruir-me —em va dir el robot amb la seva veu de llautó.

—Saps com em dic?

—És clar que sí, en Leonardo sempre em parlava de tu. Jo sóc en Cassini —es va presentar—. **Ara hem de posar-nos en marxa si volem recuperar totes les peces de la nau i rescatar el teu avi.**

Per fi algú més coneixia la meva missió.
—Estic seguint els seus passos, com em va demanar a la carta. Però no sé com arribar fins a Galileu, que és la nostra pròxima missió.

—Això és cosa feta! —va dir en Cassini—. **A partir d'ara ja no estaràs sola. Jo programo l'Ou de l'Univers, prepara't per viatjar a l'any 1610...**

2. ON VAS, LLUNA?

—Veniu amb l'Ou! Arribeu just a temps! L'acabo de muntar ara mateix —ens va dir en Galileu entusiasmat—. No ve, en Leonardo, amb vosaltres?

—Així, doncs, coneix el meu avi Leonardo? Jo sóc l'Eva —em vaig presentar donant-li la mà.

—És clar que el conec. Fa uns mesos vam començar junts aquest projecte i avui l'he acabat! En veure la màquina he pensat que podríem mirar per primera vegada junts a través seu.

Vaig reconèixer de seguida l'aparell que assenyalava Galileu.

—Un telescopi! És com el que tenim a l'estudi de casa.

—Exacte, menuda, veig que ets tan llesta com el teu avi... L'última vegada que em va venir a veure, li vaig ensenyar un invent que fan servir els navegants per veure coses que són lluny. Funciona amb unes lents. Mentre hi jugàvem, se'ns va ocórrer una idea genial: fent els canvis adequats, podríem enfocar-lo cap als estels i estudiar el nostre Cosmos. Ara mateix l'estic enfocant cap a la Lluna. Voleu mirar amb mi?

—Serà tot un honor, Galileu —va dir en Cassini amb entusiasme. I em va xiuxiuejar a cau d'orella—: **Galileo Galilei va ser el primer científic que va tenir la idea d'enfocar el telescopi cap al cel. Així va descobrir que la nostra Lluna no és una bola perfecta i brillant, com creien antigament, sinó que té muntanyes i valls.**

—Sorprenent! —va exclamar el gran científic en mirar pel telescopi—. La Lluna és molt diferent de com me l'havia imaginada...

—La Lluna és fascinant —el va interrompre en Cassini—. Sense el Sol, no hi hauria vida a la Terra. De fet, el nostre planeta ni tan sols existiria. Potser per això els éssers humans l'han venerat sempre. Però el que moltes persones no saben és la sort que tenim d'estar acompanyats per la nostra donzella còsmica, la Lluna, que ens protegeix i ens cuida. És cert que la Terra podria existir sense ella, però seria molt diferent del planeta que coneixem. Sense la Lluna, els humans no existiríem.

LES LLUNES DEL SISTEMA SOLAR

Cap més planeta del Sistema Solar no té una lluna tan gran com la nostra. Júpiter té un conjunt de llunes que orbiten al seu voltant, com si es tractés d'un sistema solar propi, però són diminutes en comparació amb el colossal planeta de gas. El mateix passa amb els altres gegants del Sistema Solar: Saturn, Urà i Neptú.

Mart té dues llunes, però també són massa petitones per facilitar la vida. Probablement són asteroides errants atrapats per la gravetat del planeta vermell.

Venus és, en molts sentits, un dels planetes més semblants a la Terra. Però li falta un element clau: no té lluna, com tampoc Mercuri.

—Aleshores —vaig preguntar al meu amic robòtic— d'on va sortir la nostra estimada Lluna?

—Per respondre aquesta pregunta hem de tornar a entrar a l'Ou i viatjar enrere en el temps. Fins al Sistema Solar de fa 4.000 milions d'anys!

—Fantàstic!

Galileu saltava d'emoció al nostre costat.

–Aquella és la Terra? –vaig preguntar estranyada–.
És completament blava.

–Abans que existís la Lluna, la Terra estava coberta per un oceà molt gran –ens va explicar en Cassini–. **Els pics petits que sobresurten de l'aigua seran en el futur els cims de les muntanyes més altes. El blau no és l'única diferència. La Terra gira molt de pressa. Els dies només duren unes hores i els vents són molt forts. La vida únicament podia existir sota l'aigua, protegida a les profunditats dels oceans. Potser els pops i els calamars serien els éssers més intel·ligents d'una Terra sense Lluna.**

–Però si creieu que la vida a la Terra de fa 4.000 milions d'anys no era prou complicada... –va continuar en Cassini–, **encara no ho heu vist tot. Agafeu-vos ben fort... perquè estem a punt de presenciar un xoc còsmic.**

–El planeta que s'acosta a la Terra és Orfeu. Els científics creuen que aquest planeta es trobava entre la Terra i Mart. La seva trajectòria era tan pròxima a la del nostre planeta que al final van xocar. Però aquesta suposada catàstrofe còsmica va resultar un cop de sort! Com a conseqüència del xoc va néixer la Lluna.

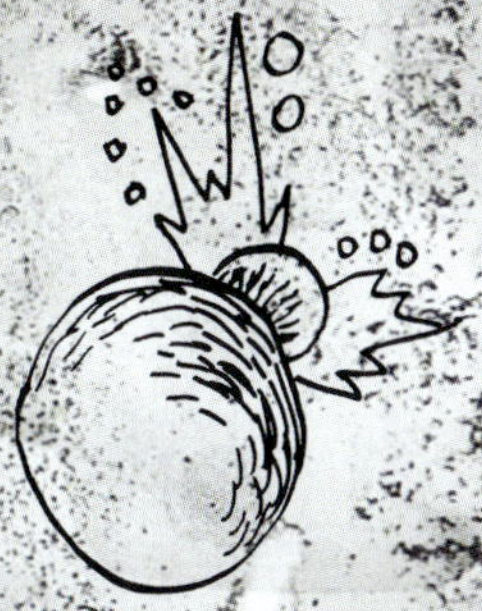

UN XOC CÒSMIC

Les col·lisions entre planetes no són explosions destructives que els fan desaparèixer en segons, com passa en algunes pel·lícules. Orfeu va xocar contra el nostre planeta a una velocitat d'11 quilòmetres per segon i es va anar incrustant lentament a la Terra. Tot el procés va durar una mitja hora.

En aquell xoc es van desprendre grans quantitats de matèria, que van orbitar al voltant de la Terra fins a ajuntar-se i formar la Lluna.

Naixia la Lluna... o les llunes! Alguns científics creuen que al mateix temps es va crear una segona lluna més petita. La germana menor de la Lluna va sobreviure només uns quants milions d'anys, un nadó en temps cosmològic. Finalment, va xocar amb la nostra Lluna i en va aixafar una mica la superfície.

En Cassini ens va continuar explicant la història de la Lluna.

—Com veieu, es troba molt més a prop que a la nostra època... La Lluna d'aquest cel és quinze vegades més gran que la que veiem nosaltres.

»La força de la gravetat d'aquesta Lluna tan propera creava les marees lunars. Per això hi havia aquestes onades tan grans als mars.

»I la força d'aquestes marees va fer que la Lluna s'anés allunyant. A l'època que veiem, la Lluna era a 21.000 quilòmetres de distància, però al nostre temps és a 384.000 quilòmetres de nosaltres.

»A més, els dies duraven només quatre hores! Després, la Terra, per efecte de les marees, va començar a girar més lentament i els dies es van allargar.

—Quin mareig... —vaig dir, imaginant-me la velocitat a què devia girar la Terra que vèiem.

Després vam tornar a l'Ou per anar a casa de Galileu.

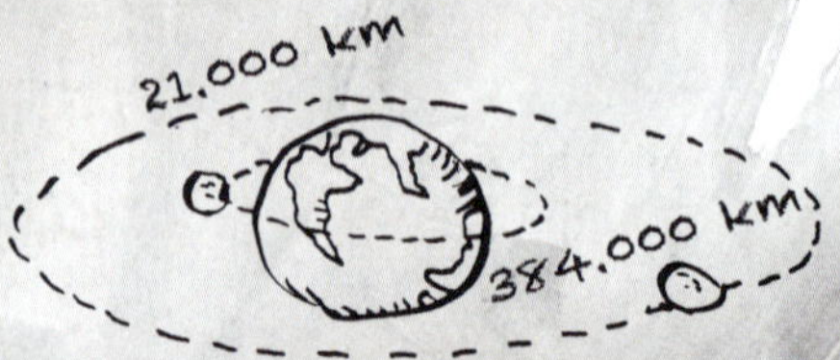

RITMITES DE MAREA

Al nostre petit planeta hi ha unes roques anomenades «ritmites de marea», que són com un «diari» en el qual ha quedat gravada la durada dels dies des de fa milions d'anys.

Com si fossin un llibre, aquestes capes rocoses han anat registrant les accions de les marees, que fa milions d'anys eren molt més freqüents. Per això se sap que els dies eren més curts.

—I la Lluna continua allunyant-se de la Terra? —va preguntar Galileu, preocupat.

—Sí —va respondre en Cassini—. **La Lluna s'allunya de nosaltres uns 3,8 centímetres cada any. Si continua així, arribarà un dia que ens deixarà per sempre més...**

—Una catàstrofe! —va exclamar Galileu—. Què passarà quan no tinguem Lluna?

—Doncs els humans no ho passarem gens bé. En el seu viatge al voltant del Sol, la Terra gira suaument sobre si mateixa sempre amb la mateixa inclinació de 23 graus. Mart, en no tenir una lluna tan gran que li doni estabilitat, balla dels zero als noranta graus contínuament. Així és impossible tenir un clima estable!

—Sense la Lluna, al nostre planeta li passaria el mateix. El clima canviaria molt. La Terra giraria cada cop més lentament i els dies es farien més llargs. En un sol dia passaríem de temperatures de més de 100 graus a d'altres sota zero!

»Els casquets polars es fondrien, els oceans creixerien i submergirien les ciutats de les costes i totes les illes. La humanitat ho tindria bastant difícil per sobreviure...

—I això quan passarà? —vaig preguntar tot d'una, preocupada per la meva àvia i els meus pares, que estaven menjant-se els canelons tranquil·lament al menjador de casa.

—No pateixis, Eva —em va tranquil·litzar en Cassini—, **la Lluna no ens abandonarà fins que no passin milions d'anys!**

—I no podem fer res perquè la Lluna no ens abandoni mai? —va preguntar Galileu.

—Hi ha qui proposa construir unes preses gegantines —ens va explicar en Cassini— **que continguin els oceans i així, en aturar les marees, podríem evitar que la Lluna continués allunyant-se. D'altres, com el científic Alexander Eivan, proposen idees tan extravagants com la de segrestar Europa, un satèl·lit de Júpiter, i portar-lo aquí. Així tindríem dues llunes durant uns quants milions d'anys més...**

—M'agrada aquesta idea —vaig dir—. Podríem donar-li una germaneta a la Lluna.

—Si més no —va dir en Cassini—, **mentre la tinguem al nostre cel, l'hem de contemplar i admirar, perquè a ella li devem no solament poemes i serenates, sinó també la nostra existència.**

—Seria meravellós que els humans poguéssim arribar a viatjar algun dia a la Lluna —va sospirar Galileu.

—Però si això ja ha passat! —li vaig respondre sense pensar que Galileu venia d'una altra època—.

El 21 de juliol de 1969, el comandant Neil Armstrong va trepitjar per primera vegada la superfície de la Lluna.

A partir d'aleshores alguns astronautes més van arribar a la Lluna en altres missions Apollo. Ara ja estan pensant en com arribar a Mart.

—Si us ve de gust, podem viatjar endavant en el temps fins a trobar una de les missions de l'Apollo...

Galileu va tornar a fer salts d'alegria.

L'Ou de l'Univers va arribar just abans que l'Apollo XI s'enlairés de cap Canaveral. En Cassini va aconseguir obrir amb un imant potent la porta dels tripulants per poder entrar-hi. La gent estava tan entusiasmada!

EL PRIMER ASTRONAUTA VA SER UN GOS

El primer ésser terrícola que va orbitar al voltant de la Lluna va ser la gosseta russa Laika, que el 1957 va fer la volta a la Terra a bord de l'Sputnik 2. Lamentablement, no va sobreviure al viatge.

Abans de la seva odissea, aquesta gosseta de carrer va seguir un dur entrenament amb dos gossos més, però finalment la van escollir a ella.

Després de la Laika, l'antiga Unió Soviètica va enviar a l'espai dotze gossos més. Cinc van aconseguir tornar amb vida a la Terra.

COM PRENDRE UN CAFÈ AMB GRAVETAT ZERO?

Els tripulants d'una nau espacial es troben amb un problema que afecta qualsevol acció quotidiana: la manca de gravetat.

Prendre una tassa de cafè per despertar-se de bon matí representa un gran problema! Durant els primers viatges espacials, fa ja quatre dècades, el cafè sortit de la cafetera es convertia abans d'arribar a la tassa en gotes calentes que els astronautes tractaven d'atrapar bussejant en el buit.

El problema dels fluids —també a l'hora d'orinar— no és l'únic que haurien d'afrontar els viatgers espacials en trajectes més llargs, com ara un viatge a Mart, que amb la tecnologia actual implicaria uns 260 dies només per anar-hi.

A més, la forta acceleració necessària per fugir de l'òrbita terrestre genera trastorns com visió borrosa o fins i tot el desmai dels tripulants. Per solucionar aquests efectes col·laterals, la NASA va dissenyar un vestit antigravetat que oprimeix l'abdomen, les extremitats i el cap per evitar l'acumulació de la sang.

Dormir és un altre gran problema; els astronautes ho han de fer subjectats amb corretges per no sortir volant en ple son!

—Un pas petit per a l'home, un salt gegant per a la humanitat... —va dir Neil Armstrong, emocionat.

—Què dius?

—Estic parlant amb la Terra, no amb tu.

—Però jo sóc de la Terra! Tot i que em sento igual que un ocell... És com si no pesés gens!

—És per la gravetat —va explicar Armstrong—. A la Lluna és molt més dèbil que a la Terra. A propòsit, quant peses?

—La meva àvia diria que això no es pregunta a una dama... Peso trenta quilos més o menys, encara sóc petita.

—En realitat això no és el teu pes, sinó la teva massa, però bé, no ens compliquem i continuem endavant... —va dir l'astronauta, fent un càlcul mental—. Si en mesurar-te a la Terra peses trenta quilos, a la Lluna en peses cinc, i a Mart en pesaries onze, perquè allà la gravetat és una mica més del doble que aquí. En un planeta amb una gravetat enorme, com Júpiter, pesaries setanta-cinc quilos.

1,2 MILIONS DE DÒLARS PER UN GRAM DE LLUNA

Els astronautes que van visitar la Lluna es van emportar de record 382 quilos de roques i regolita, que la NASA conserva a Houston a 92 graus sota zero. L'agost del 2003, tres becaris del laboratori van ser jutjats per robar 105 grams de Lluna, que volien vendre a un preu d'entre 1.000 i 5.000 dòlars per gram.

El jurat, però, va decidir que el material robat tenia molt més valor, ja que aconseguir cada gram havia costat als Estats Units 50.800 dòlars.

Però el preu final de venda al públic seria encara més elevat. A Sotheby's es van subhastar mostres lunars obtingudes per missions soviètiques a 1,2 milions de dòlars per gram.

—Estem veient que costarà molt obrir un hotel a la Lluna per als qui vinguin després... —va dir Armstrong—. La regolita s'ho menjarà tot.

—La regolita? Què és això?

—La pols de la Lluna. És tan dura com el paper de vidre i es fica pertot arreu. Només fa unes hores que som aquí i ja està corroent l'instrumental.

—I per això no s'hi pot construir un hotel? —vaig preguntar.

—Per això i perquè... de moment no hem trobat aigua. I si la portéssim des de la Terra, cada litre costaria més d'un milió d'euros. Qui ho podria pagar, això?

Vam tornar de nou a casa de Galileu, que va anar cap a la taula dient que volia apuntar-ho tot. En Cassini se'm va acostar i em va xiuxiuejar:

—Cal esborrar-li la memòria! No pot saber tot el que ha vist del futur.

Llavors vaig sentir un clic i, amb una llampada, Galileu es va girar cap a nosaltres amb el rostre tranquil.

—I ara que ja hem provat el telescopi, valdrà més que aneu a buscar en Leonardo! Em va dir que se n'anava a un lloc anomenat Cambridge a prendre un te amb un tal Newton perquè li expliqués per què la Lluna gira al voltant de la Terra.

Mentre marxàvem, vaig veure una placa de metall que no podia ser de l'època de Galileu i me la vaig endur. Encaixava perfectament amb una de les peces perdudes de l'Ou.

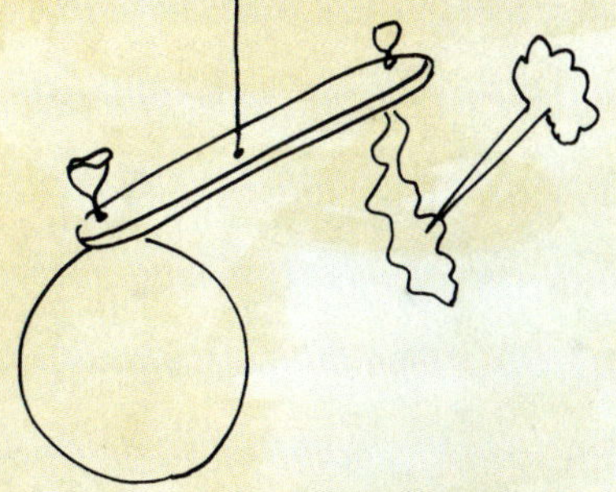

EL PES DE L'AIRE

Comprovar que l'aire té pes és molt fàcil!

Per a això només necessites: corda, una vareta recta i dos globus.

El primer que has de fer és lligar un tros de corda al centre de la vareta, perquè quan agafis la corda pels extrems la vareta pengi horitzontal i tan recta com sigui possible.

Després lliga en una punta un globus desinflat, de manera que pengi.

Infla l'altre globus i lliga'l a l'altra punta de la vareta.

Ara aixeca la vareta servint-te de la corda que li has lligat al centre.

Veuràs com la balança s'inclina cap al costat del globus inflat, pel pes de l'aire!

3. EN BUSCA DE L'OR...

Vam mirar al nostre voltant i vaig cridar en Cassini.

—Aquell senyor d'allà, Cassini! Crec que el reconec d'alguns llibres d'en Leonardo; preguntem-li si és Newton.

Ens hi vam acostar per presentar-nos.

—Bon dia, senyor. Vostè és Isaac Newton?

—Em sap greu, joveneta, no ho sóc. Però ara vaig a veure Newton. Espero que pugui resoldre un gran enigma que m'inquieta. M'hi pots acompanyar. Em dic Edmund Halley.

—Perfecte, jo em dic Eva —vaig dir en adonar-me que no ens havíem presentat— i aquest és el meu amic Cassini.

—**¡Vaja!** —va xiuxiuejar en Cassini, sorprès—. **És el del cometa Halley!**

—I quin és aquest misteri? —vaig preguntar amb curiositat.

—Des de petit m'han fascinat els cometes. Tothom diu que són portadors de mals presagis, però jo no m'ho crec. I vull saber què són exactament. Crec que aconseguiré resoldre el misteri si entenc per què els planetes giren al voltant del Sol.

És curiós, sabies que els planetes que són més a prop del Sol es mouen més de pressa?

—Com Mercuri, que fa la volta al Sol en 88 dies, mentre que nosaltres, a la Terra, en triguem 365! —va afegir en Cassini.

—He treballat amb alguns dels millors científics d'Anglaterra però no hem estat capaços de comprendre el moviment dels planetes. Per això sóc aquí, a Cambridge, per trobar-me amb Newton. M'han dit que és un tipus una mica estrany, perquè sempre té el cap ficat als llibres, però espero que em pugui ajudar. Ja hi arribem!

—Això promet ser interessant! —va dir en Cassini.

—Bon dia, senyor Newton, em dic Edmund Halley. I aquests són els meus amics, Eva i Cassini.

—Quin nom tan peculiar —va dir Newton mirant sospitosament el meu amic robot—. Què us porta fins a la meva humil residència?

Abans que pogués preguntar-li pel meu avi Leo, Halley es va avançar:

—M'hauria d'ajudar, senyor Newton. He estat molt de temps preguntant-me per què es mouen els planetes. Crec que alguna força d'atracció del Sol fa que es moguin al seu voltant...

Abans que Halley pogués continuar, Newton va respondre:

—És la força de la gravetat! Fa que els planetes es moguin en el·lipses al voltant del Sol.

Newton ens va assenyalar el seu dibuix.

—La gravetat és la mateixa força que fa que les pomes caiguin dels arbres i que ens manté amb els peus a terra, evitant que sortim disparats. A les meves llibretes, hi tinc anotades totes les equacions matemàtiques que descriuen aquestes lleis de la natura.

Halley va començar a llegir entusiasmat els apunts del jove científic.

—És meravellós, Newton! Hem de publicar el que has descobert en un llibre. Jo t'hi ajudaré! El món sencer ha de conèixer les teves investigacions.

—La força de la gravetat és apassionant —va afegir en Cassini sense adonar-se que estava a punt d'explicar coses que no es descobririen fins molt temps després de Newton i Halley—. **També és la responsable que es formés el Sol, fa 4.500 milions d'anys. Qualsevol cosa que tingui massa a l'Univers atraurà qualsevol altre objecte. Això vol dir que tant el teu gat com la Terra o el forat negre que hi ha al mig de la nostra galàxia són atrets cap a mi i jo cap a ells. Poètic, veritat?**

Halley i Newton van mirar molt sorpresos en Cassini, mentre jo li clavava un cop de colze perquè no expliqués tantes coses. Newton va ser el primer a tornar a parlar:

–Encara que parles de coses estranyes, Cassini, això que dius s'assembla molt al que he descobert. Com més gran és la massa d'una cosa, més gran és l'atracció que sentim cap a ella. Per això sentim l'atracció que ens empeny en direcció a la Terra i no cap al meu gat.

–Aleshores nosaltres hauríem d'anar cap al Sol i no cap a la Terra! Perquè el Sol és més gran que la Terra –va exclamar Halley.

–No sortim disparats cap al Sol perquè és molt lluny. La gravetat depèn també de la distància. Com més lluny és una cosa, més petita és la força d'atracció que té. Encara que el Sol sigui més gran que la Terra, nosaltres som més a prop del planeta. L'estem trepitjant!

–La gravetat és interessant... Sembla que afecta tot allò que hi ha a l'Univers –va reflexionar Halley–. Aleshores, els cometes també han d'aparèixer al nostre cel atrets per la força de la gravetat. És un descobriment meravellós!

EL COMETA HALLEY

Els cometes, a l'antiguitat, es consideraven portadors de mals presagis. Però gràcies a científics com Halley, avui sabem que res d'això no és veritat.

La paraula cometa té la seva arrel en el grec i significa «cabells». El seu nom és apropiat, perquè quan passen pel nostre firmament semblen trossos platejats de cabells.

En realitat els cometes són unes masses formades per gel i roques que orbiten al voltant d'una estrella. En el cas del cometa Halley, orbita al voltant del Sol.

Quan el cometa està allunyat de la calor de l'estrella, es forma una petita atmosfera de gas i pols. En acostar-se al Sol, el vent solar el copeja i li arrenca part de la seva atmosfera, la qual cosa genera la seva cua característica i tan bonica.

El cometa Halley és tan gran i brillant que és un dels pocs que es pot observar a cop d'ull. Halley va descobrir que la majoria dels cometes que s'havien vist al llarg de la història eren en realitat el mateix. De manera semblant a la dels planetes, el seu cometa orbitava també al voltant del Sol i, per tant, apareixeria cada 75 anys pel nostre firmament. L'última vegada que ens va visitar va ser el 1986, així que la seva propera aparició serà el 2061.

—Disculpin que els interrompi en un moment tan important, però volia preguntar-li si vostè ha vist el meu avi. Es diu Leonardo.

—I tant! —va respondre Newton—. He parlat molt amb el teu avi sobre la gravetat, però l'última vegada que el vaig veure estava molt interessat a saber com aconseguir or. Pel que sembla, el necessitava per arreglar el seu últim invent. Jo fa molts anys que estudio alquímia, un coneixement antic que assegura que podem convertir els metalls en or. Però encara no he tingut èxit, així que no el vaig poder ajudar. L'últim que en vaig saber és que se n'anava a seguir l'arc de Sant Martí. Ja saps el que diu la llegenda irlandesa: si aconsegueixes arribar al final de l'arc de Sant Martí trobaràs un leprechaun, un petit follet que atresora una olla de monedes d'or.

—Moltes gràcies per ajudar-me.

Ens vam acomiadar de Newton i Halley, però continuàvem sense tenir una pista clara de cap a on havíem d'anar.

—Crec que hem de fer cas a Newton i seguir l'arc de Sant Martí —va dir en Cassini tot convençut.

—Creus que en Leo va anar a buscar el final de l'arc de Sant Martí per trobar-se amb un leprechaun? —vaig preguntar a en Cassini—. Com arribarem fins allà?

—No oblidis que l'Ou de l'Univers funciona amb les mateixes dosis exactes de curiositat i d'imaginació. No hi ha res impossible per a nosaltres, ni tan sols trobar un leprechaun.

Després de programar la màquina vam arribar al final de l'arc de Sant Martí i ens vam trobar amb un petit follet, molt semblant a un ancià.Però no hi havia ni rastre de l'esperada olla repleta d'or.

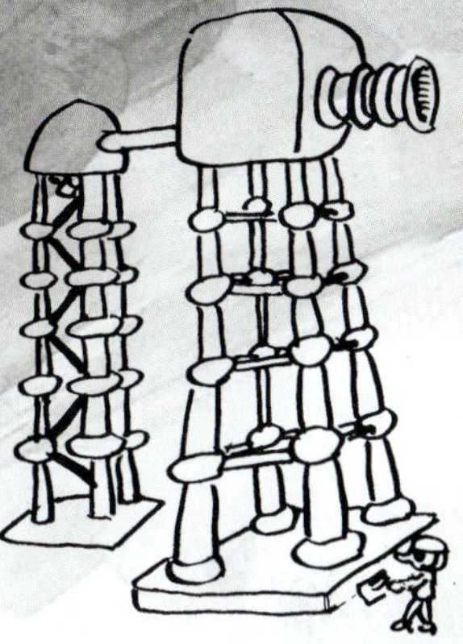

UNA MÀQUINA ANOMENADA «Z»

Als laboratoris nacionals de Sandia, a Nou Mèxic, hi ha un dels centres d'investigació de fusió nuclear. Allà han construït un experiment conegut com Màquina «Z».

Aquest artefacte gegant de més de 30 metres d'amplada és capaç de produir temperatures i pressions sorprenents.

En un punt tan petit com el cap d'una agulla, s'hi concentra una energia equivalent a 50 bilions de watts, la qual genera temperatures de molts milions de graus. En aquest entorn de temperatura ultraalta, els científics intenten fusionar nuclis d'àtoms d'hidrogen per crear un element nou: l'heli. En tenir càrrega positiva de manera natural, els nuclis d'hidrogen es repel·leixen. Com quan intentes unir dos imants dels que s'enganxen a la nevera pels pols oposats. Per aconseguir ajuntar aquests àtoms, es necessita una temperatura semblant a la del nucli del Sol. A aquesta temperatura, els nuclis d'hidrogen reboten a grans velocitats, xoquen entre ells i es fusionen. D'aquesta manera es crea l'heli, un element nou. Aquesta mateixa reacció passa a l'interior del Sol.

L'heli és l'únic element nou que es crea al Sol. Ni tan sols allà es produeixen elements més pesants que l'heli. Per generar altres elements, com l'or, es necessiten temperatures molt més altes que la del Sol.

—Bon dia, senyor follet. Estem buscant en Leonardo, el meu avi. Sabem que va venir en cerca de l'or. Ens pot ajudar a trobar-lo?

—El recordo perfectament. Volia saber on naixia l'or, ja que en necessitava molta quantitat per arreglar la seva màquina. Com vaig explicar al teu avi, el nostre món és format per determinats materials bàsics anomenats elements.

—**N'hi ha més de noranta, d'aquests elements** —va interrompre en Cassini, emocionat—, **que van des del més lleuger, l'hidrogen, fins al més pesant, l'urani. El que veiem al nostre voltant és el resultat de com es combinen.**

—L'or és un d'aquests elements —va dir el leprechaun—, i és el que m'agrada col·leccionar a mi. Però costa molt de trobar.

—Newton ens va dir que, a més de científic, ell era un alquimista —vaig explicar al leprechaun—. D'aquells que busquen la fórmula per transformar els metalls en or. És molt llest, així que potser ho aconseguirà...

—I ca! —va dir el follet, rient—. Els alquimistes van fallar en tots els intents de crear or. Ni tan sols la tecnologia moderna sap com fer-ne. Per crear aquest element es necessita una energia increïble. Imagina't, ni tan sols el Sol en té prou per fabricar l'or.

—Aleshores, d'on surt l'element de l'or? —vaig preguntar.

—Les llegendes sempre amaguen una gran saviesa; també la dels leprechauns i el seu preuat or. En aquest cas, la pista de l'or està amagada aquí, en els set colors de l'arc de Sant Martí. El primer a adonar-se'n va ser el científic i fabricant de lents alemany Joseph von Fraunhofer. Si voleu, el podem anar a veure junts amb el vostre meravellós Ou de l'Univers. Potser ell us podrà dir on és en Leonardo.

—**Perfecte!** —va dir en Cassini—. **Anem al 1814 a veure Fraunhofer.**

4. SOM POLS D'ESTRELLES...

Vam arribar a un laboratori on hi havia en Fraunhofer treballant amb unes lents. Estava creant un arc de Sant Martí. El follet ens va explicar com coneixia aquell lloc.

—Em vaig trobar amb Fraunhofer quan va dividir la llum del Sol en set colors i va crear un arc de Sant Martí al seu laboratori. Per descomptat, quan algú genera un arc de Sant Martí també apareix un leprechaun. Així que vaig anar a parar allà.

En veure el leprechaun, el científic el va saludar com si es tractés d'un vell amic.

—Hola, qui són els teus acompanyants?

—Jo em dic Eva i aquest és en Cassini.

—La néta d'en Leo?

—Sí —vaig dir entusiasmada—, el coneix?

—I tant, m'ha parlat molt de tu, Eva. L'última vegada que va estar amb mi vam descobrir una cosa sorprenent. Se'ns va acudir observar la llum de l'arc de Sant Martí amb un microscopi i vam veure una cosa estranya entre els seus set colors: sempre apareixien unes línies fosques als mateixos llocs. Des que en Leo se'n va anar, he estat dibuixant les línies negres que hi ha a les bandes dels set colors de l'arc de Sant Martí. Hi ha 574 línies.

—Què signifiquen aquestes línies? —vaig preguntar observant aquell dibuix—. I què tenen a veure amb l'or?

Es va fer un silenci.

—Fraunhofer no aconseguirà resoldre aquest misteri en tota la seva vida —va dir el leprechaun.

—Doncs quina llauna! —va etzibar el científic.

—És clar! —va exclamar en Cassini—. **Ara ja ho recordo tot. Aquest dibuix serà conegut com l'espectre de Fraunhofer. Cada conjunt de línies correspon a un element diferent.**

»L'arc de Sant Martí que va formar Fraunhofer és fet a partir de la llum del Sol. Les seves línies ens indiquen els elements que formen el Sol: sodi, hidrogen, ferro i molts més, com l'or —va continuar en Cassini—. **Però amb aquest aparell podem saber de què són formades les estrelles analitzant la llum que ens n'arriba. Aquesta tècnica, inventada per Fraunhofer, rep el nom d'espectroscòpia.**

L'ESPECTRE DE FRAUNHOFER

Un element, el sodi, crema davant d'una font de llum; suposem que la font és el Sol. Observem la llum procedent d'aquesta font que ha passat per la flama de sodi i, quan un prisma divideix la llum en set colors, apareix una línia negra entre el vermell i el groc. Aquesta línia indica la presència de l'element sodi. Al dibuix de Fraunhofer apareix una línia a la mateixa posició d'aquest element. Per això sabem que el Sol també conté sodi.

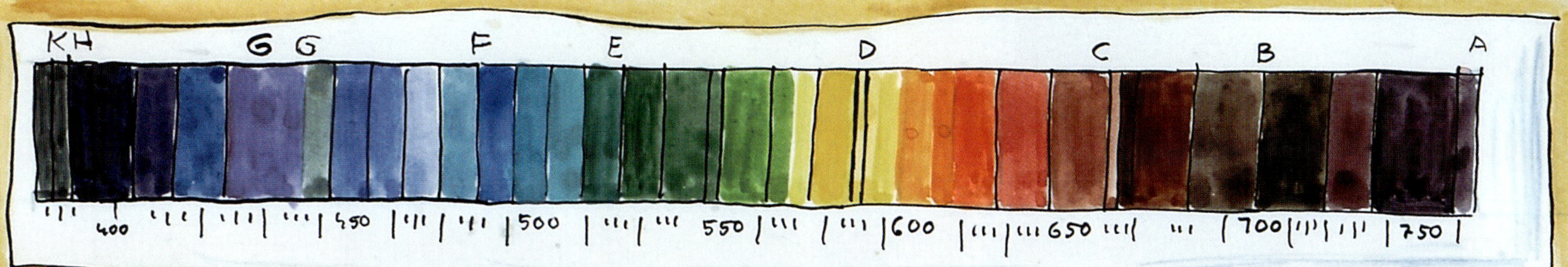

—D'acord —vaig reflexionar jo—. Gràcies a Fraunhofer i les seves línies coneixem que hi ha una gran quantitat d'elements al Sol, però ara sabem que dins d'aquesta estrella només es fabrica un element: l'heli. D'on surten els altres? Continuem sense resoldre el misteri. D'on surt l'or?

—Crec que se m'ha acudit una bona idea —va murmurar en Cassini—, **però per a això haurem de tornar a viatjar amb l'Ou de l'Univers. Fraunhofer, recull el teu experiment; el necessitarem allà on anem.**

—Ens haurem d'estrènyer si volem entrar tots amb aquest aparell a la màquina!

En Cassini no li va fer cas i va dir:

—Qui s'apunta a un viatge per veure néixer l'or?

»Hem viatjat 8.000 milions d'anys enrere en el temps —ens va informar en Cassini—. **El nostre Sol encara no ha nascut. Aquestes estrelles són molt més antigues. Algunes van néixer just després de la creació de l'Univers. Les anomenem «estrelles primigènies». Fraunhofer, pots analitzar la llum d'aquella estrella amb el teu espectròmetre?**

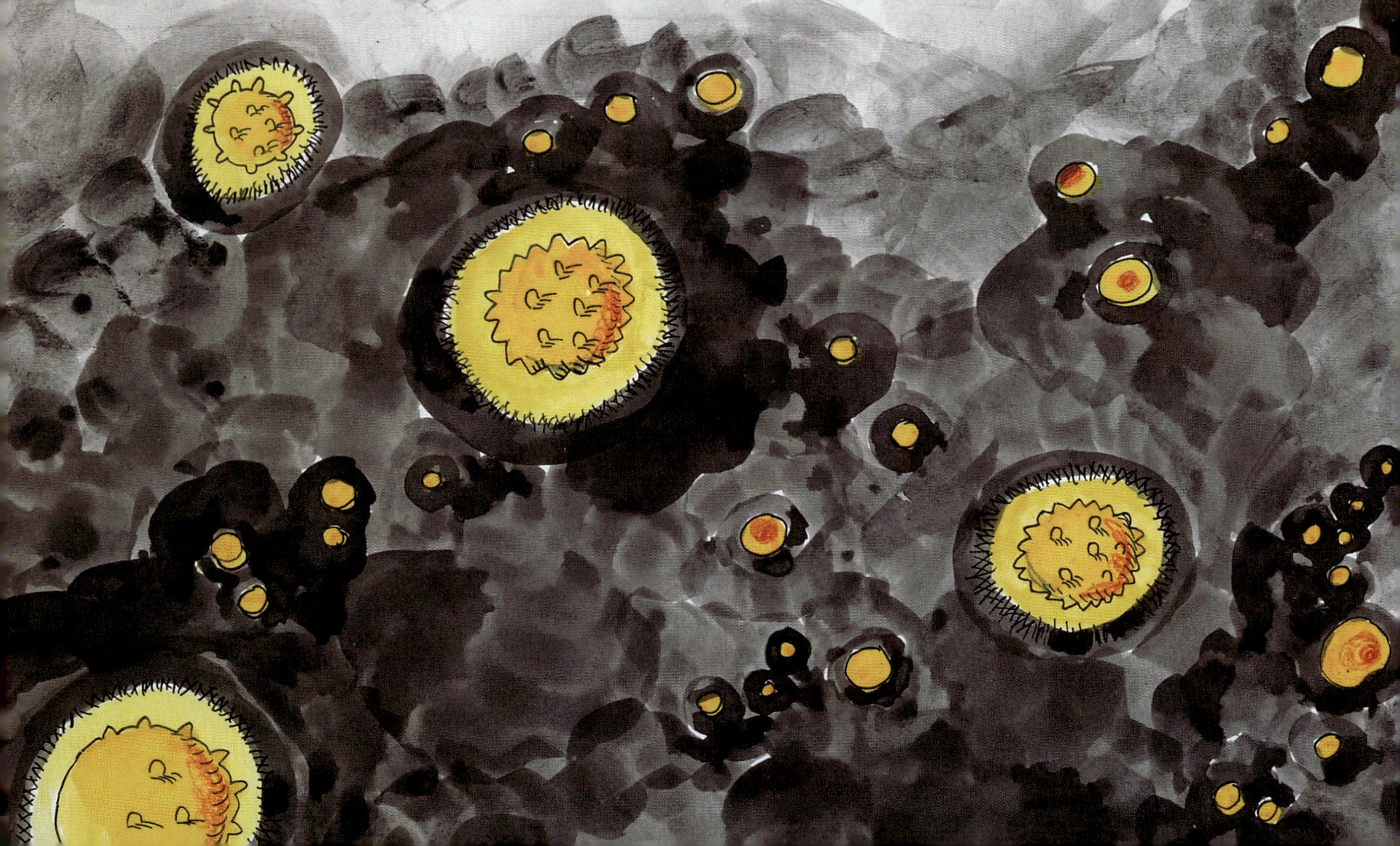

—Ara mateix, Cassini. —Després d'analitzar-la amb deteniment, va dir—: Aquestes estrelles només tenen dos elements: hidrogen i heli. Són diferents del Sol, que té molts elements.

—Ni rastre de l'or! —es va lamentar el leprechaun.

—Això confirma la meva teoria —va dir en Cassini—. **Al contrari del que passa avui, poc temps després de formar-se l'Univers hi havia molt pocs elements. No n'hi havia suficients per formar planetes com la Terra.**

—Aleshores, d'on han sortit tots els elements que formen el nostre Sol? —vaig preguntar a en Cassini.

—Quan una estrella mor, la seva pols i el seu gas s'escampen per l'espai. Aquestes restes es tornen a unir després i formen estrelles noves. En aquest procés es creen molts materials nous, com els elements que coneixem. El nostre Sistema Solar es va formar a partir d'aquests elements.

—Mireu aquella estrella! —va dir Fraunhofer—. La més gran del firmament. S'està inflant!

—Les estrelles molt grans moren amb una gran explosió —va explicar ara el leprechaun—. Una supernova. Crec que presenciarem la mort d'una estrella.

—Presteu atenció —va dir en Cassini—. **En envellir, una estrella va exhaurint el seu combustible. Quan tot l'hidrogen d'una estrella s'ha transformat en heli, comença a fer-se cada cop més gran. Dins d'aquesta estrella, la temperatura està augmentant molt. S'hi creen elements nous gràcies a la fusió nuclear. Veieu que gran que es fa?**

Les dimensions de l'estrella van arribar a ser tan grans que no va poder continuar creixent. Així va acabar la seva vida, amb una gran explosió. Ens vam amagar, una mica espantats per la detonació còsmica.

—Fraunhofer —va demanar en Cassini—, **fes servir el teu invent, l'espectròmetre, per analitzar la llum que ve de la pols i el gas de l'explosió.**

—Ara sí que han aparegut totes les línies! —va exclamar content el científic.

—L'energia de l'explosió era tan gran que s'han creat els noranta elements que formen la Terra —va explicar el robot—. **Ara sortiran disparats a l'espai interestel·lar.**

—Aleshores —vaig dir jo— els elements que formen el món surten de les explosions d'aquestes estrelles grans. I també l'or surt d'aquí!

—Sí, però l'espectacle no s'ha acabat —va interrompre el leprechaun—. Mireu allà, on hi havia l'antiga estrella. Veieu el núvol que s'ha format a partir de la pols i el gas de l'estrella morta? Acaba de formar-se una nebulosa.

—I aquell puntet tan brillant que hi ha al mig del núvol?

—Allò és el cor de l'estrella morta. S'ha fet molt petitet, fins a ocupar només uns pocs quilòmetres. S'ha convertit en una estrella de neutrons. Tot i que és molt petita, és feta d'un material tan dens que, si agafessis amb una cullereta un tros d'aquesta estrella, pesaria mil milions de tones.

—Fixeu-vos —va exclamar Fraunhofer—. Allà al costat hi ha un altre puntet igual. És una altra estrella de neutrons?

—Exactament —va dir en Cassini—. **Agafeu-vos, presenciarem un altre xoc còsmic.**

Les dues estrelles de neutrons van començar a girar l'una al voltant de l'altra i es van acostar cada cop més, com si s'enllacessin en una dansa còsmica, fins que van acabar xocant l'una amb l'altra.

—La temperatura al centre de la col·lisió és d'un bilió de graus! —va dir en Cassini—. **És de les temperatures més elevades de l'Univers. És un forn d'elements nous.**

—El puc sentir! —va exclamar el leprechaun, emocionat—. Or! S'està formant en grans quantitats.

—De pressa, Eva, hem d'afanyar-nos i recollir l'or que puguem per recarregar l'Ou de l'Univers. Aquestes estrelles crearan un forat negre i us asseguro que no ho volem veure.

Llavors, l'Ou de l'Univers va treure un caçapapallones gegant amb el qual va recollir grans quantitats d'or.

—Ja som fora de perill, lluny del forat negre —ens va informar en Cassini.

—Ho hem aconseguit! —vaig cridar entusiasmada—. Amb aquest arsenal d'or la màquina podrà funcionar bé.

—Considereu-vos afortunats —va dir el leprechaun—. Si aquests elements són tan cars a la Terra, és perquè les col·lisions entre estrelles de neutrons són molt escasses i molt poc freqüents. Per això hi ha tan poc or i resulta tan car.

—Sí. I d'aquest xoc naixerà el nostre Sistema Solar —va anunciar en Cassini—. **D'aquí naixeran el nostre Sol i la Terra. També nosaltres tenim aquí el nostre origen. El ferro de la teva sang, la calç dels teus ossos, l'oxigen dels teus pulmons... Som fets dels elements que creen les estrelles en morir. Som els hereus del llegat de 15.000 milions d'anys de l'Univers. I ara és el moment de tornar.**

—Per què estàs tan seriosa, Eva? —va preguntar Fraunhofer—. Ha estat un viatge al·lucinant.

—Estic contenta d'haver aconseguit l'or que necessita l'Ou de l'Univers, però trista perquè no hem trobat el meu avi Leo.

—Potser jo us podré donar una altra pista. L'última vegada que en Leonardo va venir a veure'm, em va explicar que hi ha uns monstres enormes, supermassius, a l'Univers. Es diuen forats negres.

—Oh —va exclamar el leprechaun—. Dels forats negres en surt disparat moltíssim més or que de les estrelles. Però són molt perillosos.

—Espero que a en Leonardo no se li acudís ficar-se en un —es va lamentar en Cassini...

—Tranquils, no va anar a cap forat negre. Em va dir que per entendre'ls havia de visitar un tal Albert Einstein.

—Fins allà sí que hi podem viatjar —va dir alleujat en Cassini—. **Som-hi, Eva?**

—Ha estat un plaer, Fraunhofer i leprechaun. Espero tornar a trobar-me amb vosaltres.

LA VIDA DE LES ESTRELLES

Les estrelles es creen a partir de núvols de pols i gas interestel·lar. Les nebuloses, el resultat de l'explosió d'una gran estrella, es converteixen en una mena de guarderies còsmiques. En acumular grans quantitats de pols i gas, són els llocs ideals perquè hi apareguin les estrelles. Allà, la gravetat uneix les restes de pols i les escalfa tant que neixen les estrelles. Durant un quant temps aquestes estrelles acabades de néixer van consumint el seu combustible, l'hidrogen (a partir de la fusió nuclear). La força que exerceix aquesta fusió nuclear empeny els gasos cap a fora i contraresta la força de la gravetat per conservar-la unida. Per això es mantenen vives les estrelles. Però, així que se'ls acaben les reserves de gas, s'apaguen. La fusió nuclear comença a desaparèixer i la gravetat guanya la partida. Llavors l'estrella mor.

Segons com sigui de gran l'estrella, morirà de maneres diferents.

Les estrelles grans moren formant supernoves, unes explosions tremendament brillants: el seu nucli es condensa en les pesants estrelles de neutrons. Quan aquestes estrelles són deu vegades més grans que el Sol o encara més, la gravetat és tan intensa que fins i tot col·lapsa les estrelles de neutrons. Llavors apareixen els forats negres, els objectes més estranys de l'Univers.

Les estrelles petites, com el nostre Sol, passaran de ser gegants vermelles a nanes blanques. El nostre astre, d'aquí a 5.000 milions d'anys, s'apagarà seguint aquests passos. És molt de temps, però, aleshores, segur que la humanitat ja haurà desenvolupat la tecnologia per colonitzar planetes nous en altres sistemes solars.

5. ELS MONSTRES SUPERMASSIUS DE LA GALÀXIA

—Hem arribat als Estats Units. Això és Princeton l'any 1943. Aquesta casa pertany a Einstein i crec que és ell, qui està assegut al porxo.

—Bon dia, jovenets —ens va saludar—. Vaig pensar que no tornaria a veure mai més aquesta màquina fascinant. On és en Leonardo?

—Hola, jo sóc l'Eva i aquest és el meu amic Cassini —vaig respondre amb educació al cèlebre científic—. Precisament veníem a preguntar-li si sap on és el meu avi.

—L'última vegada que el vaig veure estava molt interessat a saber-ho tot sobre els forats negres —va dir el científic.

—Espero que no volgués ficar-se en un.

—No crec que els forats negres existeixin... —ens va dir Einstein—. És un resultat que surt de les meves equacions sobre la relativitat.

—La relativitat! És molt complicada d'entendre, oi? —li vaig preguntar.

—No tant. Deixa'm intentar explicar-te-la d'una manera molt senzilla. Encara que quan engegues l'interruptor sembli que la llum s'encén a l'acte, en realitat viatja a uns 300.000 quilòmetres per segon. Tot i ser tan ràpida, la llum triga un temps a arribar fins als nostres ulls. La que arriba del Sol, per exemple, triga uns vuit minuts a recórrer la distància fins a la Terra. De manera que, si mirem el Sol amb unes ulleres protectores, el que veiem és la imatge d'aquella bola gegantina de fa vuit minuts. Si un mag còsmic el fes desaparèixer ara mateix, no ens n'adonaríem fins al cap de vuit minuts!

—Però si desaparegués el Sol hi hauria una catàstrofe —el vaig interrompre—. Newton ens va explicar que els planetes del Sistema Solar giren gràcies a la força de la gravetat del Sol. Si el mag el segrestés... sortiríem disparats instantàniament!

CIENCE
E=mc2
HOLLYWOOD

—Newton no va encertar en això. En realitat l'espai és fet d'un teixit espaciotemporal. Te'l pots imaginar com un matalàs tou. Si t'hi estires al costat del teu avi, que és molt més gran que tu, el matalàs s'enfonsarà més allà on és ell. I rodolaràs cap a ell sense voler. El Sol modifica de la mateixa manera el teixit de l'espai i del temps. Com si fos un matalàs còsmic, deforma l'espai i atreu al seu voltant els diferents planetes.

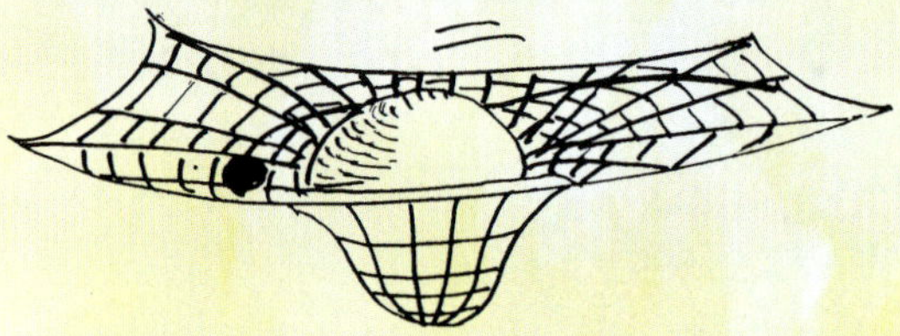

—Aleshores, com sortiríem disparats abans de quedar a les fosques? —vaig preguntar confosa a Einstein.

—Bona pregunta, petita científica. La gravetat no és tampoc instantània, sinó que viatja a la velocitat de la llum. Això és el que diu la meva teoria de la relativitat general.

—Si el mag fes desaparèixer el Sol —va prosseguir en Cassini—, **els planetes i nosaltres tampoc no sortiríem disparats a l'acte.**

—Exacte, jovenet —va afirmar Albert Einstein—. Hi ha unes ones gravitatòries que viatgen a la velocitat de la llum, de la mateixa manera que, quan tires una pedra en un llac tranquil, s'hi formen unes ones d'aigua. Si desaparegués el Sol, passaria una cosa semblant: fins que les ones gravitacionals no arribessin a la Terra, no sortiríem disparats.

«Oh! Hauria d'explicar-ho a Newton», vaig pensar jo. «Potser al nostre pròxim viatge...»

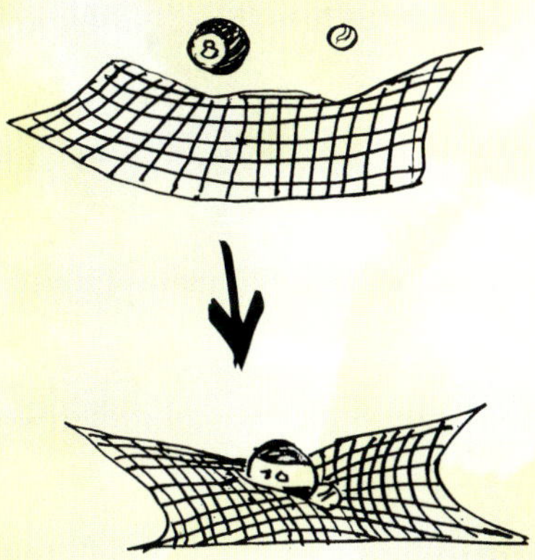

CREA EL TEU PROPI FORAT NEGRE

Per veure tu mateix com funciona un forat negre, només necessites malla elàstica, una bola de billar o de petanca i una bala.

Amb l'ajuda de més persones, estira la malla perquè entre vosaltres es formi una zona quadrada, plana i tibada.

Posa-hi a sobre la bala i veuràs com es mou per la superfície.

Després fes el mateix amb la bola gran, més pesant.

Com que pesa més, enfonsarà la malla sota seu; tant, que si la bala està prou a prop, s'acostarà a la bola gran i caurà dins del petit con que la bola ha format.

–I tot això –vaig preguntar–, quina relació té amb els forats negres?

–Com hem vist, el Sol enfonsa el teixit espaciotemporal. Si en comptes del Sol hi posem alguna cosa més gran...

–S'enfonsarà encara més –va completar la frase en Cassinii.

–Ara imagina't que hi posem una cosa tan tremendament densa que aconseguim que aquest teixit de l'espai-temps s'enfonsi molt, fins que s'hi crea un forat, un forat negre. Igual que en un desguàs, tot cauria a dins, com en una cascada. Imagina't què passaria amb tot el que hi ha al voltant!

–Seria com un piragüista remant a contracorrent en un riu que va massa de pressa –va explicar Einstein–. Es veuria arrossegat cap a la cascada. El mateix passa amb el forat negre. Hi ha un punt, com en el cas del corrent del riu, en què ja no et pots alliberar.

–I la gravetat és igual. Es converteix en un corrent massa fort per vence'l –vaig pensar en veu alta.

–Sí. D'això se'n diu «horitzó de successos», el punt sense retorn. En aquell moment ja no se'n pot escapar res, ni tan sols la llum.

–Vaja! –vaig exclamar sorpresa–. El meu avi em va dir que la velocitat de la llum és com un límit còsmic que no pot superar ningú. Res no pot viatjar més de pressa.

EL LÍMIT DE VELOCITAT CÒSMIC

La velocitat de la llum és una mena de límit còsmic, i res de l'Univers no el pot superar. És prohibit!

Això ens porta a un dels efectes de la famosa teoria de la relativitat d'Einstein: quan t'acostes a la velocitat de la llum, el temps s'estira i les coses s'encongeixen. El temps va més a poc a poc o més de pressa segons la velocitat a què vas. Com més de pressa et mous, més a poc a poc passa el temps. Un rellotge en moviment va més lent que un d'aturat.
I això passa amb tot tipus de rellotges, inclosos els batecs del teu cor. Si conduïssis una nau que aconseguís arribar a un 99% de la velocitat de la llum, viuries quasi set vegades més que la resta del món, i tu ni te n'adonaries. Si tornessis al cap d'un any, veuries que per als qui s'han quedat han passat set anys.

Però no cal fer viatges interestel·lars per patir els efectes de la relativitat: si viatgem de París a Nova York amb avió, en baixar serem una quinzemilionèsima de segon més joves que els amics que hem deixat enrere.

—Veus el problema? —va continuar Einstein—. Res no pot fugir d'un forat negre! És la presó més segura de l'Univers. Si t'acostessis massa a un d'aquests forats, t'absorbiria, i a una velocitat increïble! Sentiries una estrebada tremenda als peus i el teu cos s'allargaria fins a quedar més prim que un espagueti.

—Però no t'has de preocupar —va dir Einstein—. No crec que existeixin realment.

—És clar que existeixen! —ens va interrompre en Cassini—. **Durant molt de temps es va saber molt poca cosa sobre els forats negres. Es creia que eren només uns grans destructors de l'Univers. Però ara els científics creuen que poden haver estat una peça crucial perquè es formin les galàxies i nosaltres puguem existir.**

—Com poden aquests forats ajudar a formar coses?

—Pensa-hi —va prosseguir en Cassini—. **La Lluna gira al voltant de la Terra. I la Terra al voltant de què gira?**

—Del Sol.

—Aleshores, si la Lluna gira al voltant de la Terra, i la Terra gira al voltant del Sol, al voltant de què gira el Sol?

—Quin mareig!

—Hi ha d'haver alguna cosa molt potent perquè tota la galàxia giri al seu voltant.

—Un forat negre! —va exclamar Einstein, entusiasmat..

—Exacte, avui sabem que hi ha un forat negre supermassiu al centre de la nostra galàxia. Qui s'anima a fer una visita al cau del monstre de la Via Làctia?

LA VELOCITAT D'ESCAPAMENT

La força de la gravetat ens ancora a la Terra. Perquè una pilota pogués escapar d'aquesta força i sortir a l'espai exterior, hauries de llançar-la a una velocitat d'11,2 quilòmetres per segon. És a dir: a més de 40.000 quilòmetres per hora. Si la llancessis més a poc a poc, tornaria a caure a la Terra, atreta per la força de la gravetat. I hi ha llocs de l'Univers encara més «atraients». Com més gran és un planeta, més gran és la força de la seva gravetat. A la Lluna només has de saltar a 2,37 quilòmetres per segon, uns 8.500 quilòmetres per hora, per fugir de la seva força de la gravetat. Això explica per què els astronautes hi saltaven amb tanta facilitat.

Un forat negre té tanta massa concentrada que la velocitat per sortir-ne supera els 300.000 quilòmetres per segon, és a dir, 1.080.000.000 quilòmetres per hora: la velocitat de la llum.

Per això és negre. Si la llum no pot sortir del seu interior, no el podem veure.

—Hem arribat. Som a 26.000 anys llum del nostre planeta: allò és el centre de la Via Làctia, la nostra galàxia.

—I aquella zona fosca deu ser el forat negre supermassiu —va exclamar Einstein, emocionat.

—Exacte —va respondre en Cassini—**. Aquell forat monstruós és deu vegades més gran que el nostre Sol i milions de vegades més pesant.**

—Encara bo que la Terra és tan lluny del centre de la galàxia —va dir Einstein—. Una bona broma per als qui deien que la Terra ocupava el centre de l'Univers.

—El centre de la galàxia està atapeït d'estrelles —va dir en Cassini—**. N'hi ha tantes que el nostre planeta no hi hauria pogut sobreviure mai, allà.**

—I qui excava aquests forats negres? —vaig preguntar-li.

—En realitat són estrelles grans, anomenades «supergegants vermelles», que s'han apagat. Són deu vegades més grans que el Sol, però viuen molt menys. Quan es fan velles, es produeix una supernova. I tota la matèria de l'estrella es concentra en una boleta d'uns pocs quilòmetres.

—I pesen tant com les estrelles de neutrons que hem vist al nostre últim viatge? —vaig recordar.

—Encara més. La seva força gravitatòria és tan forta que esclafa fins i tot els neutrons. Quan això passa, diem que una estrella s'ha col·lapsat. Els forats negres neixen així.

—I només hi ha un superforat negre a la nostra galàxia? —va preguntar Einstein, emocionat.

—I ara! Els astrofísics estan estudiant les galàxies de tot l'Univers. Ja se n'han analitzat aproximadament un milió i quasi totes les més grans semblen tenir un d'aquests monstres gegants.

—I com es van col·locar tots aquests forats negres a l'interior de les galàxies? —vaig preguntar.

—Per a això haurem de fer un altre viatge... Al principi de tot: el Big Bang, l'inici de l'Univers.

—Al Big Bang es van crear tots els ingredients per a la vida, com si fos un guisat: els poses tots junts i els remenes.

—I qui ho va remenar tot? —vaig preguntar, divertida, pensant en els pastissos que prepara la meva àvia.

—L'encarregada de remenar-ho tot va ser la gravetat, que va anar unint els materials en núvols de gas cada cop més densos. Així van néixer les primeres estrelles enormes, molt més gegantines que el nostre Sol. Van viure molt poc i van explotar en supernoves, amb la qual cosa es van crear els primers forats negres.

»Aquells forats negres van ser els que van agrupar la pols interestel·lar. Es van formar les estrelles petites i es van congregar al seu voltant. Així van néixer les primeres galàxies. Els forats negres es van crear amb les galàxies primigènies. Es van necessitar els uns als altres.

»Aquelles primeres galàxies van anar xocant les unes amb les altres. Els forats negres es fusionaven i en creaven d'altres cada cop més grans. La nostra Via Làctia va créixer en ajuntar-se un eixam de galàxies petites que van xocar i es van unir al llarg de milers de milions d'anys.

—Una dansa còsmica de mort i creació.

—Quan aquells forats negres absorbeixen els gasos del seu voltant, els anomenem quàsars. Aquests són uns forats negres empatxats, que expulsen matèria i elements nous per tota la galàxia.

—No ho entenc —vaig interrompre—. Se suposa que res no pot fugir d'un forat negre; com pot sortir-ne disparada la matèria?

RECEPTA PER AL GUISAT DE L'UNIVERS

Per crear un Univers necessites:

–Un espai tan petit com una milmilionèsima part d'un protó.

–Totes les partícules de matèria que hi ha des d'allà on ets fins al límit de l'Univers.

–Una mica de gravetat per remenar-ho tot.

Instruccions:

Els protons són una part diminuta dins d'un àtom. Aquest punt: «.» conté 2.000.000.000 .000.000.000.000.000.000.000.000.000 de protons. Ara imagina't que has de buscar un espai que sigui una milmilionèsima part d'això.

Bé, quan ho tinguis, fica-hi tota la matèria que hagis trobat. Intenta fer-ho encara que sigui amb un embut en aquell punt tan diminut.

Ara allunya't bé i posa't a cobert, perquè has creat una «singularitat».

En un moment, els teus ingredients començaran a prendre forma. Durant el primer segon, la gravetat començarà a remenar-ho tot. Apareixeran totes les forces de l'Univers.

En menys d'un minut, tindràs un Univers que ocupa gairebé 1.610 bilions de quilòmetres i que continua expandint-se a gran velocitat. La calor, 10.000 milions de graus, permet que es creïn els primers elements: l'hidrogen i l'heli. I en tres minuts ja has aconseguit produir el 98% de tot el que hi ha a l'Univers.

Ho has aconseguit! En el temps que es triga a preparar un entrepà, ja tens un bonic Univers.

—Un forat negre es menja la matèria en espiral, com l'aigua en un desguàs —va dir en Cassini—. **Però la matèria al voltant del forat negre va tan de pressa que n'hi ha una gran part que no hi pot entrar i surt disparada. Estem intentant ficar un munt de matèria en un lloc molt petit! Així que surt disparada pertot arreu, com quan destapem de cop la banyera. A més, hi ha energies tan grans que creen elements nous. Això sí que és una gran fàbrica d'or.**

El nostre amic leprechaun estaria content.

—Aquests elements són, en part, els que creen els sistemes solars.

—Aleshores els forats negres no són en realitat tan monstruosos. El nostre va ser el que va permetre que es formés el nostre Sistema Solar.

—Sí, però —va reflexionar Einstein—, què evitarà que acabi empassant-se'ns a tots?

—Això dependrà de la dieta del monstre. Si els forats negres de les galàxies estan il·luminats, si són quàsars, vol dir que estan fent un tiberi amb les seves galàxies. Però el nostre forat negre fa temps que està en dejú. És probable que tingués una joventut molt salvatge, però ara ja és a la residència d'ancians de la galàxia.

—I no pot tornar a venir-li la gana? —vaig preguntar, no convençuda del tot.

—És probable que la matèria que hi hagi més a prop arribi a plantar-se com un bon banquet per a ell. Encara podríem sobreviure a aquest tiberi. Però el perill arriba des de fora de la nostra Via Làctia. Hi ha una altra galàxia que s'aproxima perillosament a nosaltres. La nostra veïna Andròmeda! D'aquí a uns milers de milions d'anys hi xocarem i les dues galàxies es tornaran una. Els seus forats negres es fondran en un de sol. Enmig d'aquesta confusió, el nostre Sistema Solar serà enviat al buit de l'espai o engolit pel monstre. D'aquest resultat naixerà una galàxia nova. Però això passarà d'aquí a molt temps.

—Moltes gràcies per aquest viatge al·lucinant —ens va dir Einstein—. Ara ja no podem ignorar els forats negres, perquè tenen un paper important al Cosmos. Són la guspira de l'Univers!

—Encara que siguin negres, són decisius per crear tot el que il·lumina el firmament. Dirigeixen el ball de la galàxia.

—Abans que marxeu, el teu avi estava preocupat pel seu Ou de l'Univers —ens va interrompre Einstein—. Creia que alguna cosa fallava a la màquina i em va demanar paper i llapis per escriure un missatge. Si no m'equivoco, anava adreçat a tu.

—El puc llegir?

—No el tinc pas jo —va dir Einstein, entristit—. El va ficar en una ampolla, però una de molt especial. Em va explicar que un científic anomenat Sagan s'havia encarregat d'enviar un missatge a les estrelles. Crec que va voler amagar-lo al mateix lloc. Em sap greu no poder-vos donar més pistes.

—Amb aquesta n'hi ha prou —vaig dir, contenta un altre cop—. Aquesta vegada ja sé on anar.

6. MISSATGE EN UNA AMPOLLA

—Senyor Sagan! —vaig exclamar—. Què és això?

El científic va encendre el llum i em va ensenyar la capsa. Hi havia una llanterna a dins.

—És un experiment per als nens! El pots provar de fer a casa. Només has d'agafar una capsa i retallar-ne el cartró per un costat, fent-hi forats en forma d'estrelles. Després hi fiques una llanterna enfocant cap als forats, apagues el llum... i ja tens un cel nocturn a la paret de la teva habitació!

—Que divertit! Ho provaré a casa.

Després vaig recordar per què érem allà.

—Ja sabem on pot ser el meu avi... —vaig dir—. Després d'anar a Alexandria, visitar Galileu i Newton i després de conèixer Halley, Fraunhofer i Einstein...

—I un leprechaun! —va afegir en Cassini.

—Sí, i un leprechaun. Bé, doncs, després de tot això, les pistes ens han portat aquí una altra vegada.

—Fabulós! Quantes aventures! —va exclamar Sagan—. I en què us puc ajudar?

—Newton ens va dir que l'avi havia ficat un missatge per a mi en alguna cosa que vostè va enviar a l'espai.

—Aleshores ha de ser la Voyager! No el vaig enviar jo, sinó la NASA. Però a mi em van demanar que fes un àlbum de records de la humanitat per si la nau topava amb vida intel·ligent.

Vaig quedar sorpresa pel que em deia.

—Un àlbum de records? Per als extraterrestres? I això ho va fer... la NASA?

Sagan va riure.

DESCAR

—El de la Voyager va ser un viatge molt especial. Havia de servir per explorar els planetes gegants. Saps quins són?

—Jo sí! —es va avançar en Cassini—. **Són Júpiter, Saturn, Urà i Neptú.**

—Exacte. Però, per poder acostar-se a tots aquests planetes, han d'estar alineats de manera correcta. Si ho estan, la gravetat de Júpiter et llança cap a Saturn, que després t'impulsarà a Urà, i Urà et catapultarà a Neptú. És com un joc de caramboles al billar. I això només passa una vegada cada 175 anys!

—Vaja, això és molt de temps.

—Sí, i l'última vegada va passar el 1977, quan vam llançar la Voyager. I no es repetirà fins l'any 2153.

—I diu que vostè va enviar un àlbum en aquella nau?

—En efecte. Però no era només un àlbum de fotos, sinó molt més. Què es pot enviar com a salutació des de la Terra? És com un missatge dins d'una ampolla que es llança al mar còsmic. Vam decidir enviar un disc, que conté un missatge de música i imatges. Això és el que vaig dir aleshores. El que vam fer va ser gravar un disc, perquè segur que si hi ha éssers intel·ligents per allà fora trobaran la manera d'entendre'l.

—Que divertit!

—Sí. I a dins hi vam gravar salutacions en molts idiomes, sons propis de la Terra com els trons o els ocells, i cançons d'ètnies de molts països. També hi vam posar moltes imatges: de la Terra i del cos humà, de persones, invents i moltes coses més. Va ser fabulós!

UN MISSATGE AMB POLÈMICA

Abans d'enviar la Voyager, la NASA va llançar unes sondes, les Pioneer, per estudiar el camí que seguirien les naus. Va ser llavors quan se'ls va ocórrer enviar un missatge a l'espai exterior, ja que les Pioneer serien les primeres a deixar enrere el Sistema Solar.

Aleshores van decidir col·locar una placa en què s'informés de què eren aquelles sondes i qui les enviava. Però aquella placa va generar molta controvèrsia. Molts van dir que era molt poc clara, i que cap ésser extraterrestre no l'entendria per més intel·ligent que fos. D'altres es van queixar de les persones dibuixades. A alguns els va semblar que el seu aspecte era marcadament el de persones blanques occidentals, i que no representava les altres races. N'hi va haver que es van queixar que anessin despullades, i alguns altres es van molestar perquè els genitals de la dona estaven molt mal dibuixats comparats amb els de l'home. Les feministes van lamentar que l'actitud de la dona semblava massa servicial.

—I on és ara la Voyager? Perquè el meu avi m'ha deixat un missatge allà...

Carl Sagan va somriure.

—Doncs haureu d'anar fins a l'espai interestel·lar.

—Com en *La guerra de les galàxies!*

—Sí. De fet, aquesta pel·lícula es va estrenar el mateix any que la Voyager es va enlairar de la Terra.

—Doncs a programar l'Ou de l'Univers! —va dir en Cassini, content.

Tornem a ser a l'espai. Davant nostre tenim la Voyager, passejant despistada entre la foscor. El missatge del meu avi havia de ser allà.

—Acosta-t'hi més, Cassini!

—Ja ho intento, però valdrà més que no xoquem. No ens agradaria quedar suspesos enmig de l'espai interestel·lar.

—Mira! Allà! El missatge de l'avi. Enganxat a la parabòlica! Com l'agafem, Cassini?

—Deixa-m'ho a mi...

Tot d'una, de l'interior de l'Ou van sortir unes pinces que van capturar el missatge de l'avi i el van apropar al vidre. S'hi llegia:

Sóc al principi de tot, al final d'aquest llibre.

—Per fi ens hi acostem! Segur que Sagan ens sap dir quin és aquest principi de tot i com arribar-hi.

7. CALENDARI CÒSMIC

—L'Univers té 13.800 milions d'anys —ens va explicar Carl Sagan—. Són tants, que és molt complicat entendre'l. Per això he creat aquest calendari còsmic. A dins hi ha comprimit tot aquest temps fins avui en un sol any.

—Aquí comença tot? —li vaig preguntar.

—Exacte —va dir Sagan—, la nostra història comença amb el Big Bang, la gran explosió que va donar lloc al nostre Univers. El dia 1 de gener del calendari còsmic. I nosaltres som aquí, a la mitjanit del 31 de desembre. Cada mes representa més o menys mil milions d'anys, i un dia és equivalent a quasi 40 milions d'anys.

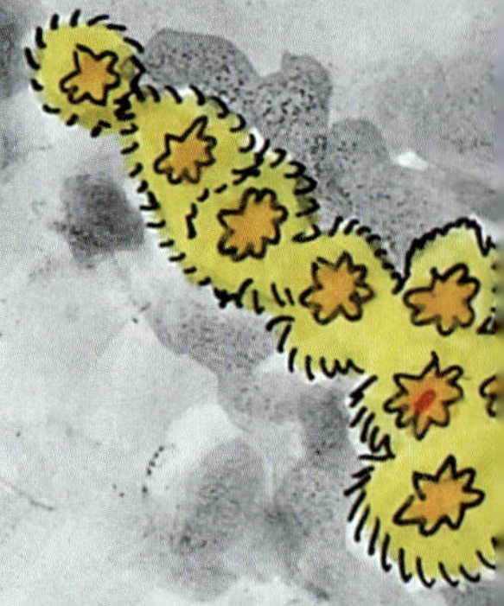

—I tota la història de la humanitat succeeix els últims 21 segons del calendari còsmic.

—Vaja! —vaig exclamar sorpresa—. Ni un parpelleig.

—A aquesta escala, el calendari còsmic tindria la mida d'un camp de futbol. Però la història de la humanitat només ocuparia la mida de la meva mà.

—Aleshores, a escala còsmica no som res...

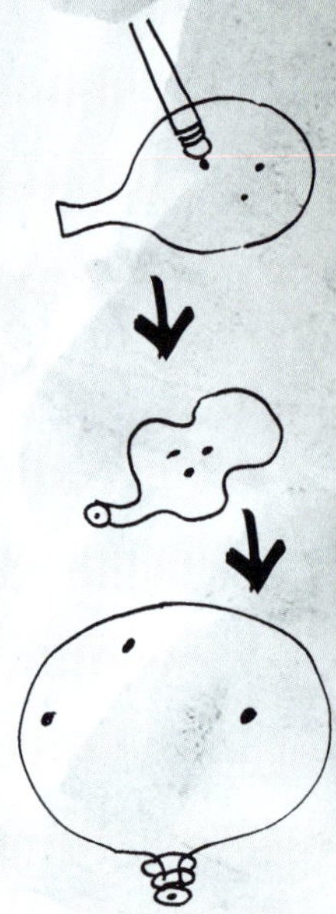

—Tornem a l'1 de gener. El Big Bang va ser una expansió immensa i sobtada de l'espai. En realitat no va ser exactament una explosió. Si ho vols entendre, agafa un globus i, amb un retolador, pinta-hi uns quants punts. Després infla'l. Tota la superfície començarà a expandir-se i els punts que has dibuixat estaran cada cop més lluny els uns dels altres. Et pots imaginar que els punts són les galàxies. Si fossis sobre una d'elles veuries com tot el que hi ha al teu voltant s'allunya de tu.

—Que divertit! I les estrelles apareixen de seguida?

—No. Després del Big Bang, el nostre Univers es va refredar i va quedar a les fosques durant 200 milions d'anys. La gravetat va anar ajuntant les primeres partícules de gas i de pols de mica en mica fins que el 10 de gener van néixer les primeres estrelles. Van començar a ajuntar-se i el 13 de gener van néixer les primeres galàxies.

—I la nostra Via Làctia? —vaig preguntar, acostant-me al calendari.

—No, la nostra galàxia no naixerà fins al 15 de març del calendari còsmic. Fa 11.000 milions d'anys.

—I el Sol?

—Haurem d'anar fins al 31 d'agost per veure néixer el nostre Sol. Va aparèixer fa 4.500 milions d'anys. Una mica més tard, a primers de setembre, neix la Terra i al cap de poc ja ens acompanya la Lluna.

—Aleshores, a partir del setembre ja existim nosaltres!

—No, menuda, encara no, serà molt més tard. El 25 de setembre comença la vida a la Terra, però som lluny d'aparèixer-hi nosaltres. Són els primers organismes vius, tan sols unes cèl·lules.

Cal esperar fins al 9 de novembre que es formin els primers microbis a la Terra. Comencen a moure's, a respirar i a reproduir-se.

–I on vivien?

–Les primeres formes de vida van aparèixer a l'aigua. Fins al 17 de desembre no comencen a sortir de l'aigua els primers animals. Llavors neixen els primers amfibis. Les plantes també comencen a colonitzar la Terra. No és fins a l'última setmana que apareixen els boscos, els insectes, els dinosaures, els primers mamífers i els ocells. El 28 de desembre hi ha una explosió de color a la Terra.

–Què va passar aleshores?

–Neixen les primeres flors.

–Quin dia tan bonic! No només pels colors, sinó per les fragàncies que devien inundar de cop el nostre planeta.

BIG-BEN

–A les 6.24 del matí del 30 de desembre succeeix una catàstrofe. Un asteroide impacta sobre la Terra i extermina els dinosaures.

–Pobres...

–Sí, però si això no hagués passat, els mamífers no haurien sobreviscut. Ni tan sols hauríem tingut l'oportunitat d'aparèixer a la Terra.

–Aleshores ja naixem nosaltres?

–El 31 de desembre a les 14.24 apareixen els primers homínids. Però no és fins a les 22.24 que neixen els primers homes primitius. A les 23.44 comencem a comprendre i a utilitzar el foc. No emprendrem l'agricultura fins a l'últim mig segon de l'any, a les 23.59.32.

–Sembla increïble que tot el que coneixem no hagi passat fins a l'última hora de l'últim dia de l'any còsmic!

–Tota la nostra història registrada ocupa tan sols 14 segons del nostre calendari. Va ser llavors que vam inventar l'escriptura. Moisès va néixer quan faltaven 7 segons; Buda, al cap de 6 segons; Jesús, al cap de 5, i Mahoma, al cap de 3. Al cap de 2 segons Colom va descobrir Amèrica. A l'últim segon neix la ciència moderna, que ens ha permès mirar la Lluna amb el telescopi de Galileu i visitar-la després. Som una manera perquè el Cosmos es conegui a si mateix. I tot això en un sospir de temps!

Però a mi em semblava que ja feia molt de temps que no veia l'avi. Vaig tornar a mirar el missatge: ens donava instruccions per anar a l'inici. Era allà on ens esperaria.

—Després de veure el calendari còsmic, no en tinc cap dubte. Ja sé on és el meu avi. Ens espera el dia 1 de gener a les 00.00 h.

—D'arribar-hi, me n'encarrego jo —va afegir triomfal en Cassini—. **Programaré l'Ou de l'Univers perquè ens hi porti.**

—Aneu amb molt de compte —ens va dir Sagan mentre m'abraçava—. Ni els científics han aconseguit arribar a les 00.00 h de l'inici de l'Univers.

—Moltes gràcies per tot, Carl, no l'oblidarem mai.

–Per fi t'hem trobat!

–Ho heu aconseguit –va exclamar l'avi saltant d'alegria–. Sabia que només tu ho aconseguiries, Eva.

En Cassini fa salts d'alegria al seu voltant.

–Tornem a casa amb l'Ou de l'Univers, Eva. Has d'explicar-me fil per randa totes les teves aventures.

–Sí, però abans cal baixar a menjar els canelons o es refredaran –vaig dir recordant l'ordre de la iaia–. Cassini, porta'ns de tornada a l'estudi de casa, just al moment en què ens cridaven a dinar i vam començar el viatge...

HALLEY

Tot conte que vulgui ser tingut en compte ha de tenir una fada padrina. L'Univers a la mà *compta amb una fada molt especial, la Peony Herrera, que va encendre la flama i va iniciar el Big Bang que es convertiria en aquest llibre. Gràcies per la teva generositat, sense tu aquest llibre no existiria.*

A la Marga Sala, per ser l'estel més brillant del nostre cel, per la llum, l'escalfor que ens ofereixes i la força amb què mous aquest projecte preciós.

A la Sandra Penadès, per ser la nostra lluna, la donzella que ha cuidat i mimat aquest llibre tot donant-li els subtils i elegants tocs de disseny.

A la Sandra Bruna i el seu equip estel·lar, perquè sempre ens fan anar més enllà de les estrelles.

A la Iolanda Batallé, la nostra editora còsmica, que té més força i llum que mil sols.
A David Monserrat i tot l'equip galàctic de La Galera, és un plaer treballar amb vosaltres.

A l'Alberto, per ser la llum que ens guia en el camí, sempre present i revelador. Gràcies per irradiar tanta saviesa i amor.

Sònia, Pilarín i Francesc

SÒNIA FERNÁNDEZ-VIDAL

És doctora en Física per la Universitat Autònoma de Barcelona. Va realitzar la tesi doctoral en el camp de la informació i l'òptica quàntica. Ha treballat i col·laborat en centres d'investigació com el Centre Europeu d'Investigació Nuclear, Los Alamos National Lab. i l'Institut de Ciències Fotòniques. És professora a la UAB i directora d'Innovació a Gauss & Neumann.

Ha combinat la investigació amb una altra de les seves passions, la docència, tant a la universitat com en centres per a adults. Del seu gran èxit *La porta dels tres panys* s'han venut centenars de milers d'exemplars.

FRANCESC MIRALLES

És periodista especialitzat en psicologia i espiritualitat, a més de xerpa literari i autor de nombroses novel·les.

Ha guanyat quatre premis literaris i és un referent en el camp de la divulgació.

PILARÍN BAYÉS

va estudiar Belles Arts. De seguida va entrar al món editorial com a il·lustradora i des d'aleshores no ha parat de dibuixar. En porta més de nou-cents.

És un referent per a tots els lectors i lectores i ha rebut nombrosos premis i reconeixements al llarg de la seva carrera.